그림 이윤영

대학에서 시각디자인을 전공한 이윤영 작가는 시각디자이너로 사회생활을 시작했다.
디자이너로 활동하던 이윤영 작가가 동화 일러스트에 입문한 것은 어릴 적부터 해왔던 그리기에 대한 목마름 때문.
하루18시간 1년 365일 그림 그리기를 즐기고 있다.
학교에 들어가기 전부터 그림을 그리며 놀았던 이윤영 작가는 초·중·고교 과정 내내 그림 그리기에 남다른 열정을 가졌다.
현재 영역을 가리지 않고 그림을 그리고 있으며 수채화에 가장 큰 애정을 갖고 있다.

아트디렉터 이은숙 화가

아트디렉터인 이은숙 화가는 서울대학교 및 동 대학원에서 회화를 전공했으며
미국 펜실베이니아 대학교에서 석사과정을 마쳤다.
중앙미술대전 특선, 동아미술제 특선, 제1회 송은미술대상전 지원상 등 수상 경력이 화려하며
18회의 국내외 초대 개인전, 200여 회의 단체전과 기획전에 참여했다.
국립현대미술관 고양미술창작 스튜디오와 미국 버몬트 스튜디오센터 입주 작가로 활동했으며
서울대, 건국대, 한국교원대, 서울시립미술관, 경희대, 국민대에서 학생들을 가르쳤다.
국립현대미술관, 리움 삼성미술관, 서울대학교 미술관 등에 그의 작품이 소장되어 있다.

사물의 비밀

애벌레의 비밀

처음 펴낸 날 : 2014년 9월 1일
펴낸이 : 양승숙 | 펴낸 곳 : 도서출판 에프알아이(FRI) | 출판등록 : 제2010-000007호
책임편집_이효경 마케팅_강승완 온라인 마케팅_조우정 제작_박경덕 디자인_권호선, 이미진, 이지연
임프린트 : 사물의 비밀 대표전화 : (02)838-1791 | 팩스 : (02)838-1793
FRI 본사 : 서울특별시 금천구 디지털로 9길 99 스타밸리 1203, 1204호
홈페이지 : www.fribook.co.kr
구입문의 : (주)홍스에이전시 (02)855-7750 www.hongs-agency.com
고객만족팀 : (02)855-7750
ISBN : 979-11-85847-04-7

애벌레의 비밀

글 양승숙 | 그림 이윤영

사물의비밀

한가로운 길가에 가로수들이 초록빛을 뽐내며
바람에 흔들리고 있어요.
가로수 밑에는 울긋불긋 튤립이 꽃밭 가득 피었어요.

튤립 꽃밭에는 노랑 애벌레와 초록 애벌레가 살고 있었어요.

"초록아! 하루 종일 이파리만 갉아먹는 건 너무 재미없지 않니?
뭔가 더 의미 있는 일이 있을 것 같아!"
정신없이 이파리를 먹던 노랑 애벌레가 튤립 꽃을 오르며 말했어요.

"무슨 소리야!
갉아먹을 수 있는 이파리가 이렇게 많은데.
먹는 것보다 더 중요한 일이 뭐가 있겠어?"
튤립의 이파리를 열심히 갉아먹던 초록 애벌레가 말했어요.

"튤립 잎을 먹는 거 말고,
우리가 태어난 이유가 있지 않을까?!"

"왜! 튤립 이파리가 맛이 없어서 그래?
먹을 수 있는 게 이렇게나 많은데 뭐 하러 그런 고민을 해?"

"우리가 태어난 이유가 튤립 이파리를 먹는 게
전부는 아닐 것 같아!"

노랑 애벌레는 먼 곳에 있는 보라색 꽃잎을 보면서 말했어요.

"날아다니는 곤충이 많이 모여 있는 저 보라색 꽃잎은 어떨까?
저곳에 가서 나도 날 수 있는 방법을 배우면 좋을 텐데!"

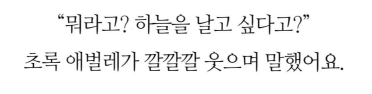

"뭐라고? 하늘을 날고 싶다고?"
초록 애벌레가 깔깔깔 웃으며 말했어요.

"웃기지 좀 마! 기어 다니는 우리가 어떻게 하늘을 날 수 있어!
날기는커녕 저곳까지 가기도 전에 지쳐 쓰러질 걸!"

노랑 애벌레는 초록 애벌레가 깔깔깔 웃자
기분이 몹시 상했어요.

"튤립 이파리만 먹으며 여기서 평생 살 수는 없어!
어떻게든 저 보라색 꽃잎까지 가 볼 테야. 꼭!"

"말도 안 돼!"

아까부터 느릿느릿 움직이며 애벌레의 얘기를 듣고 있던
달팽이가 말했어요.

"너희 애벌레들보다 빠른 나도 거기까지 가는 데 여러 날 걸리는데⋯⋯.
애벌레가 보라색 꽃잎까지 간다는 건 불가능해!
게다가 너희들은 나처럼 눈이 좋지도 않잖아. 애벌레야, 포기해라!"

"그래, 노랑아! 말도 안 되는 소리 하지 말고
부지런히 이파리나 갉아먹어!"
초록 애벌레가 한심하다는 듯 말했어요.

"내가 처음 태어났을 때는 이렇게 기어 다니지도 못했어.
그런데 지금은 키가 크고 발도 여러 개 생겨서 원하는 곳은
어디든 갈 수 있잖아! 앞으로 내가 어떻게 변할지 누가 알겠어!
나는 아무것도 하지 않고 이파리만 갉아먹고 있지는 않을 테야!"

노랑 애벌레가 굳게 결심한 듯 소리쳤어요.

"네 말이 맞아, 우리는 그때보다 키도 크고 발도 여러 개 생겼지.
하지만 기어 다니는 일밖에 할 줄 모르는 우리가
어떻게 저 먼 곳까지 갈 수 있다는 거야?"
초록 애벌레는 고개를 가로저으며 말했어요.

"너희들이 어려서 아직 듣지 못했나 본데…….."

그때 튤립의 줄기에 붙어 물을 빨아먹던 진딧물이 끼어들었어요.
애벌레들과 달팽이가 주고받는 말을 듣고 있던 진딧물은
대단한 비밀을 털어놓기라도 하려는 듯 말했어요.

"내가 어릴 적에 들었는데…….
저곳에 가서 하늘을 날게 된 애벌레도 있다고 하던데!"

"말도 안 돼!"
달팽이도 그런 일은 있을 수 없다는 듯
고개를 저으며 말했어요.

"정말?!"
초록 애벌레는 믿기지 않은 듯 다시 물었어요.

"그래! 생각해 보면 노루가 빨리 달린다고는 하지만
가만히 앉아 있으면 거북이보다 느리잖아!
번개보다 빠르다는 말도 달리지 않으면 기어 다니는 거북이보다 느릴걸!
그러니까 한번 도전해 보는 것도 나쁘지 않은 것 같은데!"
진딧물이 말했어요.

"진딧물아, 고마워! 내가 꼭 보라색 꽃잎까지 갔다올게.
그곳에서 하늘을 나는 방법을 배워서 올게!
초록아! 내가 날게 되면 네게도 가르쳐 줄게."

노랑 애벌레는 곧바로 튤립 꽃의 줄기를 타고 내려와 길을 떠났어요.

'치, 잘난 척은! 아무리 열심히 가 봐라.
그곳에 간다고 뭐가 달라지겠어? 흥!'

"아휴, 힘들어~ 보기보다 보라색 꽃잎까지
가는 길은 정말 멀구나!"

노랑 애벌레는 며칠 동안 쉬지 않고 보라색 꽃잎을 향해 나아갔어요.
노랑 애벌레의 몸은 온통 땀과 흙으로 뒤범벅되었어요.

"와, 역시! 오길 잘했어!
생각보다 멀지도 않은걸!"

노랑 애벌레는 마음이 뿌듯했어요.
온몸은 흙과 땀으로 지저분해졌지만
마음은 곧 하늘로 날아오를 것 같았어요.

아침햇살이 따사롭게 내리쬐는 어느 날,
튤립 꽃밭에 초록 애벌레가 언제나처럼
꼼지락거리며 이파리를 갉아먹고 있었어요.
오늘도 역시 초록 애벌레는 두리번거리며 노랑 애벌레를 찾아보았어요.

아무리 두리번거려도 노랑 애벌레의 모습은 보이지 않았어요.
"오늘도 오지 못하는군.
애벌레가 하늘을 난다는 건 역시 불가능한 일이었어!"

초록 애벌레가 코웃음을 치며 달팽이와 진딧물에게
노랑 애벌레 얘기를 하고 있을 때였어요.

초록 애벌레의 머리 위로 노랑나비 한 마리가
바람을 타고 살랑살랑 날아올랐어요.
날갯짓이 눈부시게 아름다운 나비였어요.

초록 애벌레는 노랑나비의 모습이
왠지 낯설지 않다고 생각했어요.

애벌레의 비밀

작가 양승숙

저자 양승숙은 대학에서 문학을 전공하고 대학원에서 소설을 공부했습니다.
경제신문사와 월간지에서 취재기자로 활동, 오랫동안 우리 주변에 있는 상품의 개발과 제조 등을 밀도 있게 기획, 취재했습니다.
광고대행사의 카피라이터로 활동하기도 했던 저자는 출판사로 자리를 옮겨 편집자로 일하면서
국가의 정책을 알기 쉽게 국민에게 전달하는 스토리텔러, 퍼블리싱 디렉터로 활동해왔습니다.
20여 년 동안 책 만드는 데 주력해온 저자는 아이를 낳아 키우면서 아이가 어진 마음과 바른 마음을 가질 수 있도록
사물에 문학적 상상력을 더해 이야기로 만들어 들려주고 있습니다.
고대 그리스의 이야기꾼 이솝이 그랬던 것처럼 의인화한 사물을 통해 자녀에게 살아가는 데 필요한
지혜와 슬기를 전하고자 노력해온 작가는 자녀의 변화를 보고 아이들을 위한 동화를 만들기 시작했습니다.
비밀에 관한 이야기는 해리 포터의 작가 조앤 캐슬린 롤링에게 영감을 얻었다고 합니다.

작가의 출간도서

내나무의 비밀을 비롯해 상아시 낙스훈트의 비빌, 녹수리의 비빌, 택배상자의 비밀, 뭉게구름의 비밀, 색과 무늬의 비밀, 숲의 비밀,
케이크의 비밀, 아기 밥그릇의 비밀, 시간을 파는 자판기의 비밀, 허수아비의 비밀, 박물관의 비밀, 숫자 2의 비밀, 가위의 비밀,
자동차 바퀴의 비밀, 기린의 비밀, 낡은 노트의 비밀, 애벌레의 비밀 등